Le code de la propriété intellectuelle n'autorisant, aux termes de l'article L.122-5,2° et 3°, d'une part, que les « copies ou reproductions strictement réservées à l'usage privé du copiste et non destinées à une utilisation collective » et, d'autre part, que les analyses et les courtes citations dans un but d'exemple et d'illustration, « toute représentation ou reproduction intégrale ou partielle faite sans le consentement de l'auteur ou de ses ayants droit ou ayants cause est illicite » (art.L.122-4).

Cette représentation ou reproduction, par quelque procédé que ce soit, constituerait donc une contrefaçon, sanctionnée par les articles L.325-2 et suivants du Code de la propriété intellectuelle.

JÉRÉMY SENSAT

PRÉSENTE

BORN THIS WAY

L'INCROYABLE DESTIN D'AXEL(LE)

© 2025 Jérémy Sensat
Édition : BoD · Books on Demand,
31 avenue Saint-Rémy, 57600 Forbach, bod@bod.fr
Impression : Libri Plureos GmbH,
Friedensallee 273, 22763 Hamburg (Allemagne)
ISBN : 978-2-3226-2267-2
Dépôt légal : Mai 2025

Avertissement

Certaines scènes peuvent heurter la sensibilité des plus jeunes.

Sommaire

Introduction

Born this way

Chapitre : 1 Faits divers

Chapitre : 2 Axel

Chapitre : 3 Axelle

Chapitre 4 : Faits divers, suite

Chapitre 5 : La valise

Chapitre 6 : Que le spectacle commence

Chapitre 7 : Les démasqués

Chapitre 8 : L'absent

Chapitre 9 : Faits divers, suite

Chapitre 10 : Une dernière danse

Chapitre 11 : Le compte rendu de l'enquête

Chapitre 12 : L' interrogatoire

Chapitre 13 : L'objet trouvé

Chapitre 14 : Le journal intime

Chapitre 15 : Le come back d'une reine

Chapitre 16 : 6 Mois plus tard

Épilogue

Remerciements

Du même auteur

Prochainement

Introduction

Chaque jour, dans notre quotidien, nous croisons des personnes... Que ce soit à la boulangerie, chez le buraliste, dans la salle d'attente d'un médecin, au supermarché... Certains nous ignorent, d'autres bien élevés nous saluent ou nous font un sourire... Mais que savons-nous de toutes ces personnes ? Nous ne cherchons jamais à les connaître. Ils sont juste un bref instant dans notre journée. La réalité est, que la plupart des gens ont des secrets bien cachés... Et oui, même votre voisin ou votre ami le plus proche, n'aimerait pas que vous vous initiez trop dans sa routine. Un père de famille, à l'allure présentable... Personne ne devinerait qu'il frappe sa femme, ou bien cette dame élégante, qui après avoir déposé ses enfants à l'école, passe toutes ses matinées à froisser les draps de son lit conjugal avec ses amants... Les secrets que tout le monde entretient, personne ne

souhaiterait les révéler, de peur de voir leur quotidien basculer.
Dans une vie ordinaire, entre deux activités, beaucoup s'adonnent à des passe-temps, que l'on ne pourrait jamais imaginer...
Mais que se passe-t-il le jour où la vérité éclate ?
Il suffit de pas grand-chose pour qu'une vie bascule... Et rarement comme on l'aimerait.
Dans cette histoire, où les personnages sont des individus que l'on pourrait croiser tous les jours, vous allez découvrir comment du jour au lendemain, des révélations peuvent changer le cours de notre existence.
Comment des rencontres peuvent-elles changer notre vie ?
Comment il est possible de tomber pour ne plus jamais se relever ?
L'amour qui plane, des désirs qui s'installent, l'acceptation de soi...
Vous allez découvrir plus qu'une simple histoire divertissante, la profondeur des sujets évoqués, ne vous laissera sans doute pas insensible. Vous allez en apprendre beaucoup.
Je vous souhaite la bienvenue dans l'incroyable destin d'Axel(le).

Born this way
Né(e) comme ça

Ne sois pas une traînée, sois juste une reine
Donne-toi de la prudence
et aime tes amis
Enfant du métro, réjouis-toi de la vérité
Dans la religion de l'insécurité
Tu dois être toi-même respecter ta jeunesse
Un amour différent n'est pas un péché
Ton amour a besoin de la foi

Tu es beau/belle à ta façon
Car Dieu ne fait pas d'erreurs
Tu es sur la bonne voie
Tu es né comme ça
Ne te cache pas dans le regret
Aime-toi simplement et tu seras prêt
Tu es sur la bonne voie
Tu es né comme ça

Ne sois pas une traînée, sois une reine
Que tu sois fauché ou riche
Noir, blanc, métisse, descendant hispanique
Libanais, oriental
Si les handicaps de la vie
T'ont rendu exclu, intimidé ou déstabilisé
Sois heureux et aime-toi aujourd'hui
Car tu es né comme ça
Peu importe gay, hétéro, bi, lesbienne ou transgenre
Tu es sur la bonne voie

Tu es né pour survivre

Traduction parole, Born this way
Lady Gaga, Fernando Garibay, Jeppe Laursen, DJ White Shadow

Chapitre 1
Faits divers

Info Bassin d'Arcachon

Un cadavre découvert à Andernos

15 septembre 2015

Température
min 14°
MAXI 23°
Saint Roland

Le corps d'un homme découvert sans vie au pied de la jetée d'Andernos-les-bains. Une enquête est en cours.

Dernière soirée du marché nocturne à La Hume

- Le gagnant du loto du 14 Juillet ne s'est toujours pas manifesté.
- Le chat du maire de Gujan-Mestras est retrouvé sain et sauf.
- Nouveau projet de construction d'un parc pour seniors.

La Gazette du Bassin

Un homme est retrouvé mort

Une femme découvre le corps d'un homme sur la plage centrale d'Andernos, au niveau de la jetée. Tout le monde ignore CE qui s'est passé.

Le signe astrologie du jour: Poisson. Aujourd'hui vous n'aurez plus l'impression de tourner en rond, votre mémoire sera augementée de deux secondes.

- La fête des commerçants aura lieu le week end prochain à l'usine de facture Biganos.
- Les habitants du Teich sont en colère, le chat du maire de Gujan-mestras a crevé les pneus d'une centaine de voitures.
- Le bar club le Plumo, continue de vous accueillir tous les soirs dès 20H.

Le corps d'un homme trouvé sans vie.
Voilà ce que l'on peut lire ce matin à la une des journaux locaux et nationaux.

Ce dimanche 15 septembre 2015, les habitants de la commune d'Andernos se réveillent confrontés à une horrible découverte. Cette nouvelle provoque un choc terrible au-delà de tout le territoire du bassin d'Arcachon. Ce fait divers est sur le point de faire couler beaucoup d'encre.

Qui est le jeune homme retrouvé mort sur la plage ? Que lui est-il arrivé ?

Le bassin d'Arcachon regorge de lieux paisibles et paradisiaques et la ville d'Andernos-les-bains en fait partie.

Durant les périodes estivales, celle-ci est très animée. Des familles aiment venir passer leurs vacances ici. Des châteaux de sable à la pêche aux crustacés, une multitude d'activités s'offre aux estivants chaque été.

Dès que l'automne pointe le bout de son nez, elle devient un véritable havre de paix et de tranquillité. Un lieu où il fait bon de vivre et de s'épanouir.

Il est vraiment rare de voir des scandales éclater, sauf quand les huîtres et les fruits de mer sont contaminés et interdits à la consommation.

Mais en cette fin d'été, où les températures matinales commencent à se rafraîchir et que l'absence de tourisme dans les rues de la célèbre station balnéaire se fait ressentir. Cette terrible actualité avait suscité des remous même à l'échelle nationale.

La police met tous ses efforts à la recherche d'un potentiel témoin. Sans résultat au début de l'enquête, la seule personne qu'ils peuvent questionner est une jeune femme sportive qui a découvert le cadavre.

Il était 9H du matin, alors qu'elle faisait son jogging le long de la plage, elle avait aperçu au loin la silhouette d'un homme allongé dans la vase, à moins de dix mètres de la grande jetée du front de mer. Tout de suite elle avait appelé les secours.

Le temps qu'ils arrivent, elle a tenté d'approcher sa découverte macabre. Tout doucement, elle avançait en direction du corps, tout en restant prudente pour ne pas s'enfoncer dans la vase. « Monsieur, monsieur... » Elle l'a appelé sans réponse.

Le lieu a été très vite interdit d'accès au public. Les forces de l'ordre étaient à la recherche d'indices ou de traces, pour leur permettre de comprendre ce qui s'était réellement passé. Le corps du jeune homme recouvert d'algues, de sable et de vase, ne laissait rien apparaître de ce qu'il lui était arrivé.

Un simple accident ?
Une agression ?
Un règlement de compte ?
Un suicide ?
...

De nombreuses hypothèses étaient possibles, mais quelle piste suivre ?

La vérité allait vite éclater, mais pour cela, la première chose qu'il fallait faire, c'était d'identifier le mort.

« Pauvre garçon, qui es-tu ? Comment va-t-on annoncer ton décès à ta famille ? » Dit un officier de police.

Pour comprendre réellement ce qui s'est passé, il faut remonter quelques jours en arrière...

Quelques jours qu'il aura fallu pour que la vie d'un homme bascule.

Chapitre 2
Axel

Lundi 9 septembre. Sur l'avenue de la Libération à Lanton, une commune voisine d'Andernos, se trouve un petit cabinet de comptables qui emploie six personnes. Le local est plutôt sobre. Dès l'entrée, on trouve un couloir avec les portes-fenêtres des bureaux de chaque salarié, ainsi que celles des toilettes. Au bout, un espace détente avec quelques sièges et une table. Le tout dans une décoration austère et froide, mais qui n'empêche pas quelques membres du personnel de s'épanouir professionnellement.

Parmi les gens qui travaillent ici, il y a Marc, le patron du cabinet. Il est grand, brun, une petite trentaine d'années. D'un tempérament réservé, il ne laisse jamais le moindre sentiment paraître. Il est très fier d'être le gérant de cette entreprise à son âge. Discret sur sa vie privée, l'absence d'une alliance à sa main gauche laisse croire qu'il est célibataire. Son physique masculin et viril ne laisse pas les demoiselles indifférentes.

Surtout Aurélia, la dernière recrue qui s'est tout de suite imposée comme la commère et la fouineuse de l'équipe. Du haut de ses vingt-cinq ans, sa petite taille ne l'empêche pas de s'imposer et d'impressionner son chef, chaque jour. Plus d'une fois, elle a cherché à se rapprocher de lui. Tous les matins, elle lui dépose son café dans le bureau, munie de ses escarpins de dix centimètres de haut, un legging qui laisse apparaître sa taille de guêpe et son chignon qui lui donne l'impression de faire quelques centimètres de plus. Son attitude envers lui est celle d'une assistante dévouée et serviable, prête à tout pour satisfaire les moindres désirs de son boss.

Mais Marc ne se laisse pas séduire aussi facilement, il est très loin d'être faible. Un jour, Marie, une de ses employées, avait déjà tenté de lui voler un baiser dans les parties communes de l'entreprise. Celui-ci l'avait tout de suite rembarrée.

— Marie, tu fais quoi ?
— Laisse toi aller Marc, personne ne le saura...
— Non, non, non... tâche de mieux te conduire à l'avenir
— Marc, juste un baiser...
— S'il te plaît, stop !

Il ne mélange jamais boulot et plaisir. L'attitude de sa collaboratrice lui donnait l'impression qu'un boxer allait lui lécher le visage.
Face à ce rejet, Marie restait fière. Bien qu'elle soit la plus ancienne de l'équipe, elle n'est pas du genre à prendre des initiatives. Un brin discrète, elle est plus suiveuse que meneuse. Elle est aussi celle qui a le plus de kilos en trop et

sa collègue Natacha ne se gêne pas pour le lui rappeler.
 Natacha, c'est un peu la bonne copine de tout le monde, mais aussi celle que tout le monde déteste. Elle n'hésite pas à faire ressortir ce qu'il y a de plus honteux chez les personnes qui l'entourent. Pourtant, elle est loin d'être parfaite. Ses cheveux blonds mi-longs jamais bien coiffées et ses vêtements d'un basique total, lui donnent une impression de fille simple mais sympa. C'était ce que pensait Mathieu.
 Mathieu travaille dans le cabinet depuis plus de deux ans, mais ses retards et ses arrêts maladie à répétition commençaient à agacer Marc. Il était à deux doigts de le licencier pour faute. Mathieu a tout juste vingt-cinq ans, qu'il continue de se comporter comme un adolescent de quinze ans. Il enchaîne les soirées bien arrosées et multiplie les conquêtes sans lendemain. Plus d'une fois, il est arrivé à son poste avec une haleine chargée. Il aime se rendre intéressant en se moquant des autres personnes. Il sait qu'il est bel homme et cela lui permet d'avoir une grande confiance en lui. Son corps d'athlète et son physique de surfeur le rendent encore plus attirant aux yeux de toutes les femmes.
 Maintenant il ne me reste plus qu'à vous présenter Axel.
 Axel a vingt-huit ans. Il a un doux visage fin, de beaux cheveux châtain foncé et un corps lisse. Un style un peu androgyne qui peut plaire à certains, mais être détesté par d'autres. Il est plutôt réservé et n'aime pas prendre la parole en public par manque de confiance en lui.
 Il a rejoint le cabinet il y a plus de trois ans de ça. À cette époque, Marc l'avait choisi car il était impressionné par son sérieux et sa grande motivation à vouloir bien faire les choses.
 Il partage rarement de déjeuner avec ses collègues. Pendant la pause, il aime s'isoler avec son smartphone, à la

recherche d'un peu d'amour. Tout le monde sait qu'il est homosexuel, même s'il n'en a jamais vraiment parlé. Chaque jour, il est le premier arrivé au bureau et le dernier à partir. Son implication au travail est sans faille et son chef n'hésite pas à lui rappeler, le citant souvent comme un bon exemple à suivre.
Ce matin-là, il reste fidèle à ses habitudes. Un petit café vite servi et hop au boulot. Il ouvre son ordinateur et commence à traiter ses mails. Au même moment, il reçoit un message sur son téléphone.

(Je suis désolé, mais je vais devoir décommander pour ce soir.)

Sans aucune explication, son rencart de prévu est annulé. Déçu, il décide d'ouvrir l'application Grindr, (un site de rencontre destiné aux hommes gays, bi, trans...) pour sauver cette soirée Chill, qu'il avait prévue avec un bel inconnu.

Grindr, c'est un peu le instagram des gays. Vous mettez vos plus belles photos, bien filtrées, une description bien vendeuse et le jour de votre rencart vous vous demandez si c'est bien la personne avec qui vous avez rendez-vous. Très souvent sur ce genre de réseau social et comme dans beaucoup d'autres malheureusement, il peut se cacher des monstres qui ne se gênent pas pour vous cracher leur haine derrière leurs écrans. Axel en avait déjà été victime. Il collectionne une liste de membres bloqués afin de ne plus avoir à faire à ce genre d'individu.

Il entame sa recherche, un premier profil apparaît (Black chaud), celui-ci veut du direct, mais le jeune homme souhaite une soirée tranquille dans les bras d'un mec tendre, devant un bon vieux film. Deuxième profil (Fétichiste des pieds) même pas en rêve, il passe au prochain (Mec cool) là, la description l'interpelle, *(Mec posé pour une soirée posée)*. Il commence à ouvrir la boîte de dialogue, mais il n'a même

pas le temps d'écrire un message qu'il est très vite interrompu.
Quelqu'un frappe à la porte de son petit bureau et n'attend pas qu'on lui dise d'entrer.

- Bonjour Axel !
- Marc, bonjour...

Il jette rapidement son téléphone dans un tiroir.

- Tu étais sur ton portable ?
- Euh... oui, désolé, je devais répondre à un message important.
- Tu le sais que je n'aime pas que vous soyez tous sur vos téléphones perso durant vos heures de travail.
- Oui, pardon... Cela ne se reproduira plus.
- J'espère bien ! Je veux un compte rendu de tes derniers dossiers traités, s'il te plaît. Je le voudrais pour demain matin.
- Très bien, tu peux compter sur moi.

Marc sort du bureau. Axel prend une grande respiration et ne touche plus à son portable jusqu'à sa pause. Il sait que son chef peut être cool, mais il y a certaines consignes qu'il vaut mieux respecter.
Plus tard, toute l'équipe se retrouve pour le déjeuner, dans une brasserie toute proche. Tous sauf Axel.

- Tu ne te joins pas à nous ? Lui demande Natacha.
- Non, je vais me reposer dans mon bureau...
- Okay, tu devrais te coiffer un peu mieux, tes cheveux sont en pagaille.

C'est plus fort qu'elle, il faut systématiquement qu'elle fasse remarquer aux gens les choses qui ne vont pas chez eux. Cela doit sans doute lui procurer une certaine satisfaction et lui permettre de se sentir supérieure.

Déjà qu'Axel n'a pas une grande confiance en lui, il n'a pas besoin qu'on lui fasse part de ses imperfections.

17H, tout le staff commence à quitter son poste. Axel avait passé l'après-midi à rédiger les comptes rendus que lui avait demandé Marc. Il les dépose sur le bureau de son patron avant de débaucher.

Par la suite, il rentre chez lui, retrouver sa plus fidèle compagnie. Sa solitude.

Il a un appartement, un deux pièces, au deuxième étage d'une petite résidence, situé dans le centre-ville d'Andernos. Un logement à la décoration moderne et soignée. Des meubles métalliques, un canapé en tissu de couleur gris et une collection de plantes.

Axel mange très peu le soir. Il aime se poser devant une série sur Netflix qu'il ne regarde même pas. Ses yeux sont scotchés sur l'écran de son smartphone, toujours sur Grindr, à la recherche d'un peu de compagnie pour la nuit. 23H, sans succès, il abandonne cette idée et décide de partir dormir, en compagnie de son chat Pixel. Les ronrons de celui-ci l'apaisent et l'aident à trouver le sommeil.

Quelques secondes avant de couper la lumière, il reçoit un message de Florian, un de ses amis.

(*Salut Axel, n'oublie pas pour Jeudi soir, tu es attendu, bise Flo*)

Il lui répond :

(*Ne t'inquiète pas, j'ai tout prévu, bonne nuit*)

Mardi 10 septembre, 7H du matin, le réveil sonne, ou plutôt la musique retentit dans tout l'appartement. Lady Gaga résonne à fond. Axel prend sa douche en chantant "*Born this way...*", le célèbre tube de la chanteuse.

Il mousse, se trémousse et se sert du pommeau de douche en guise de micro. C'est comme ça que commencent tous ses débuts de journée. Une belle façon à lui de se motiver.
    Il est encore le premier à arriver au travail. Il se met tout de suite au boulot et se jure de ne pas toucher à son téléphone. Peu de temps après, il reçoit un mail de son chef qui le remercie pour les comptes rendus demandés.
    L'heure de la pause arrive. Toute l'équipe décide d'aller à la brasserie. Auparavant, ils demandent à Axel de se joindre à eux pour le déjeuner. Ils insistent tellement qu'il ne peut refuser.
    Assis en train de manger un plat de pâtes à la carbonara, il observe ses collègues sans rien dire. Mathieu lui dit :

- Tu n'as jamais songé à faire du sport ?
- J'en fais déjà un peu.
- Cela ne se voit pas !
- A bon, pourquoi ?
- Tu as le corps d'un puceau... lui dit-il tout en riant fort.

Toute la table éclate de rire. Ils rigolent si fort que toutes les personnes dans la salle se retournent.
    Axel ne trouve aucune réponse face à cette attaque. Il se lève sans rien dire et prend la direction des toilettes de la brasserie.
    Il reste enfermé dedans le plus longtemps possible, presque jusqu'à la fin de la pause. Il en profite pour jeter un œil sur l'application Grindr.
    Un nouveau message:

(*Bonjour, je suis d'Andernos et je cherche du fun*)

Avant de répondre, il consulte le profil de la personne. Un homme de cinquante ans, un peu bedonnant. Sur sa description, il est écrit (Mec sympa, bien équipé) . Axel voit en lui l'occasion d'oublier la méchanceté gratuite de Mathieu. Il lui répond :

(*Salut, j'ai justement besoin de passer un bon moment, je te donne mon adresse, je suis disponible à partir de 18h*)

Ils mettent rapidement un scénario en place, afin d'ajouter un peu de piment à leur programme. Axel s'engage à le recevoir nu, prêt à être consommé. L'inconnu, quant à lui, lui promet de l'envoyer au septième ciel et de ne laisser aucun temps mort à leur corps à corps. C'est ce qu'on appelle un plan direct.

Axel retourne au travail avec un peu de retard. Marc lui fait une remarque.

– Attention à l'heure...
– Pardon, mille excuses.

À chaque fois que son chef lui adresse la parole, il se retient de rougir. Au fond de lui, il l'a toujours trouvé sexy et attirant. Mais ces sentiments-là, Axel les a toujours dissimulés .

Ce n'est pas la seule chose qu'il garde pour lui. Il est en réalité plein de mystères aux yeux de toute l'équipe. Son côté distant et à part donne l'impression qu'il cache quelque chose. Ses collègues se sont souvent interrogés.

Au fond, ils n'avaient pas tout à fait tort. Il dissimulait un secret qu'il ne souhaitait révéler à personne. Quelque chose d'intime et personnel qui ne regardait que lui, et si jamais un jour quelqu'un venait à le découvrir, il risquerait de voir sa vie basculer et même de s'écrouler...

Chapitre 3
Axelle

18H30, quelqu'un sonne à l'interphone. Le rendez-vous d'Axel est là.

Dans le plus simple appareil, il se positionne sur le canapé, allongé sur le ventre, prêt à accueillir l'inconnu. L'homme entre, il ne perd pas de temps à se déshabiller et rejoindre sa proie qu'il dévore comme un morceau de viande. Ils ne ressentent même pas le besoin de se regarder ou de se dire bonjour, qu'ils passent déjà à l'action. Après quelques rebonds dans le salon, ils poursuivent leurs acrobaties dans la chambre, pour ensuite les finir contre la porte d'entrée. Une belle manière de dire au revoir à son invité.

Deux heures plus tard, Axel décide de se faire couler un bon bain chaud, afin de retirer toute la sueur de l'inconnu.

Il est habitué à ce genre de rencontre, c'est une façon à lui de combler le vide et la solitude de son quotidien. Il essaie au moins une fois par semaine de s'accorder ce plaisir. Souvent à deux, quelque fois à trois, rarement à plus.

Il reste quand même prudent et se protège afin d'éviter d'avoir des infections sexuellement transmissibles. Son docteur lui prescrivait la PREP, un traitement qui empêche de contracter le virus du SIDA. On ne sait jamais, si le préservatif craque, cela lui garantit une bonne sécurité.

"Ce cachet a déjà fait ses preuves aux États-Unis. Le nombre de personnes contaminées par le HIV a fortement diminué. En Europe, ce traitement est nouveau et pour l'obtenir, les patients doivent s'engager à faire des dépistages tous les trois mois. C'est aussi ce médicament, qui a développé le retour de la syphilis, car beaucoup de personnes ont abandonné l'usage du préservatif avec l'apparition de la Prep."

Bientôt minuit et Axel ne dort toujours pas, mais ce n'est pas grave, demain c'est RTT. Il cherche le sommeil sans le trouver. Il pense à jeudi soir...

Son ami Florian est le gérant d'un bar gay sur Arcachon qui s'appelle le Plumo. Il organise toutes les semaines des soirées à thème dont son pote est au cœur de chaque événement.

C'est là qu'arrive le grand secret d'Axel...

Mercredi 11 septembre, Le jeune homme se réveille doucement peu avant midi. Il se lève, prend une petite valise. Une valise qu'il apporte presque tous les jeudis et vendredis au travail. Une valise qui contient son secret.

Il ouvre les portes de son dressing... Une dizaine de mini jupes, des débardeurs aux décolletés plongeants, des chaussures à talons de près de quinze centimètres de haut, plusieurs perruques blondes, une fausse poitrine et une trousse à maquillage.

Vous l'avez compris, il aime se travestir, devenir une créature de la nuit, une drag-queen.

Quand il était enfant, il s'est très vite rendu compte, que le corps dans lequel il vivait ne lui correspondait pas. Quelque chose le perturbait et quand il en avait parlé un jour à la psychologue du collège privé où il était inscrit, celle-ci ne l'avait pas pris au sérieux. Sans aucun doute, il savait pourtant très bien ce qu'il était au fond de lui.

Depuis plus de quatre ans, Axel a créé le personnage, Axelle.

C'était juste après avoir fait son coming-out qu'il a eu l'idée de se travestir. Quand il a avoué à ses parents et à son frère son homosexualité. Cette nouvelle avait suscité de grandes tensions, dont il a mis plusieurs mois à se remettre.

Il s'en rappelle comme si c'était hier. Il se souvient de ce repas de famille pour son vingt-quatrième anniversaire. Ils étaient tous les quatre assis devant leur verre de vin. Avant d'ouvrir le cadeau qu'ils lui avaient offert, il avait prit son courage à deux mains en disant :

- Maman, papa, frérot... J'ai quelque chose à vous annoncer.
- Nous t'écoutons, dit sa mère tout en le fixant.
- J'aime les garçons... Je suis gay !

Le père s'était levé en hurlant et en donnant un coup violent sur la table. Un geste qui avait fait sursauter de peur toute la famille.

- Tu n'es pas sérieux ? Mon dieu, qui t'a mis ça dans la tête ?
- Personne, papa...
- Je n'ai pas élevé une fiotte ! Tu entends ?
- Mais papa...
- Il n'y a pas de mais qui tiennent ! Enlève-toi ça de la cervelle immédiatement !

Alex savait que son père allait réagir comme ça, mais c'était sont surtout les mots de sa propre mère qui l'ont blessé.

- Mon poussin, tu dois être malade, nous allons te soigner et tout va s'arranger...
- Je ne suis pas malade, je vais très bien... Je ne me sens pas différent, je suis toujours le même... et puis elle est finie cette époque où l'on disait qu'être homosexuel, c'était une maladie.

Il n'en revenait pas de ce que venait de dire sa maman. Un jour dans son adolescence, il lui avait confié qu'il se trouvait moche. Elle lui avait répondu, « Tu seras toujours beau à mes yeux, peu importe comment tu es... » Comment pouvait-elle aujourd'hui assumer un tel jugement envers son fils.

Son frère était resté dans la même ambiance de cette discussion et avait rajouté.

- Tu ferais mieux de partir, je ne veux pas avoir honte !
- Ton frère a raison, avait dit le père, si c'est cette vie que tu souhaites, il n'y a plus de place pour toi dans cette maison.

Personne ne semblait vouloir le comprendre, il n'était plus le bienvenu dans cette maison où il avait grandi.

Bouleversé par la situation et les paroles qu'il venait d'entendre, Axel n'avait pas le choix de glisser quelques vêtements dans un sac. Ensuite il était parti s'incruster chez son ami de longue date, Florian.

Complètement dévasté, il était nostalgique de ses années collège où il était souvent la cible de moqueries. Au lycée cela ne s'était pas arrangé. Aujourd'hui, c'est sa famille qui lui tournait le dos, refusant son homosexualité.

Les jours passaient, il n'arrivait pas à se remettre de ce rejet, il était complètement déprimé. Un matin, face au miroir de la salle de bain de chez son pote, il avait décidé d'en
finir avec le monde dans lequel il vivait...
Le regard vide, il s'est fixé devant la glace, pris une paire de ciseaux et la positionnant sur son cou... Il a appuyé... De plus en plus fort... Le sang commençait à couler, un peu... De plus en plus...
« Axel, tu fais quoi ? » Florian venait de surprendre cette scène, digne d'un film d'horreur. Il lui avait retiré aussitôt l'objet des mains.

- Si ma propre famille ne m'aime plus, qui va m'aimer ? Dit-il en s'écroulant dans les bras de son ami.
- Il faut que tu sois fort Axel, regarde-moi... Le monde où l'on vit est rempli d'injustices, si ta famille ne t'accepte pas comme tu es, c'est qu'elle ne mérite pas ton amour.

Ses paroles l'ayant réconforté, il l'a remercié du plus profond de son cœur.
Sans s'en rendre compte, son pote venait de lui sauver la vie.
C'est à ce moment-là qu'Axelle a commencé à apparaître. Petit à petit, elle occupait de plus en plus de place dans son esprit. Elle est plus forte, plus courageuse, avec un physique de rêve. Elle se produit aujourd'hui presque tous les week-ends au bar club le Plumo. Elle y fait des numéros de danse et de play-back, sur une scène équipée d'une barre de pole danse. Telle une meneuse de revue.
Depuis son arrivée, Axel a trouvé un véritable sens à sa vie. Chaque semaine, il lui tarde de se glisser dans la peau

de cette femme, qui le rend tellement heureux.

Son plus grand souhait serait de faire un jour une transition, pour se débarrasser de ce corps dans lequel il ne trouve aucune satisfaction. Un rêve qu'il parviendra peut-être à réaliser.

Voyant que son ami était plus épanoui en drag-queen, Florian l'encourageait tout le temps à faire ressortir le meilleur d'elle-même.

En prenant du recul, pensez-vous que si Axel était quelqu'un de fort et de courageux, il aurait eu besoin de se créer le personnage Axelle ?

La vérité est, qu'Axelle a sauvé Axel.

Chapitre 4
Faits divers, suite

Dimanche 15 septembre fin d'après-midi, les recherches sont toujours en cours. Les enquêteurs ignorent encore à qui appartient le corps retrouvé sur la plage et ce qui lui est arrivé.
Le cadavre a rejoint la morgue. Le médecin légiste scrute les moindres détails sur la peau du jeune homme, à la recherche d'un indice.
La police envisage de visionner les caméras de surveillance de la ville d'Andernos. Ils espèrent avoir une réponse à leurs questions.
À l'heure actuelle personne n'est déclaré disparu.
Affaire à suivre...

Chapitre 5
La valise

Jeudi 12 septembre, 6H30.

Le soleil ne s'est pas encore levé, qu'Axel débute sa journée par quelques mouvements et positions de stretching, qui durent environ trente minutes. C'est une routine qu'il a adopté quand il sait qu'il a un numéro de prévu. Toutes ses représentations lui demandent d'avoir une bonne condition physique et cette activité sportive lui permet d'assurer ses shows sans aucune difficulté.

Avant de sauter dans sa douche, il prépare sa tenue pour son spectacle, qu'il choisit minutieusement.

9H, le jeune homme arrive au travail, avec sa valise qui contient son costume de scène. Il espère plus que tout que cette journée passe vite, tellement il est pressé de redevenir Axelle.

Ce matin, Marc convoque toute l'équipe dans son bureau. Il leur fait un bilan sur les dernières tâches réalisées.

« Vous avez traité moins de dossiers, alors que la demande est forte... Je vais vous demander d'être un peu plus productif »

Il se devait de faire ce rappel. Les résultats de l'entreprise n'était pas au rendez-vous et il y avait urgence à faire redresser la tendance.

Aurélia, plus hypocrite que jamais, dit, « Il ne faut surtout pas t'inquiéter Marc, on va tout faire comme il faut et si je peux être utile à quelque chose, n'hésite pas, je suis là pour toi, si tu as besoin de te décharger, appelle-moi »

De belles paroles que tout le monde comprend, comme une jolie proposition à la masturbation.

Qu'elle est dévouée cette Aurélia !

L'heure du déjeuner arrive. Comme toujours, toute l'équipe se décide à aller à la brasserie manger. Déçu du comportement de Mathieu, Axel s'abstient de s'y rendre. Il prend la décision d'aller à la boulangerie afin de s'acheter un sandwich.

Sa valise à la main, il traverse les parties communes du cabinet et tombe sur Aurélia qui était en retard pour aller rejoindre toute la bande. Elle a toujours été curieuse de savoir ce que pouvait bien contenir ce bagage, qu'il ramenait presque chaque fin de semaine.

Elle lui dit :

- Je me suis toujours demandé pourquoi tu avais une valise les jeudis et vendredis au travail...
- Ce n'est rien de spécial !
- Tu dois avoir un mec que tu rejoins chaque fin de semaine.
- Oui oui, c'est exactement ça.

Cette réponse ne lui suffisait pas. D'un geste déterminé et inattendu, elle lui vole la valise des mains et dans la seconde qui suit, la fait tomber par terre... Celle-ci s'ouvre en grand... Axel commence à paniquer.

- Mais c'est quoi tout ça ?
- Euh... C'est...

Il ne trouve pas ses mots. Il est accroupi en train de tout remettre en ordre. Sa perruque, la mini jupe en cuir, les escarpins, le maquillage... Tout était répandu dans le couloir. Elle se penche et ramasse un petit débardeur.

- Ne me dis pas que c'est à toi ?
- Laisse, donne moi ça... Répond le jeune homme, tout en lui arrachant le vêtement des mains.

Une fois tout en ordre, il invente une histoire à peine crédible. « Je fais un peu de couture, ce sont les vêtements d'une amie que j'ai rajustés. »
Il voit bien que sa collègue n'en croyait pas un seul mot. « D'accord... Je dois aller rejoindre les autres... On en reparlera ! »
Elle part en lui jetant un regard qui voulait bien dire... Je suis loin d'être idiote.
Axel connaît bien Aurélia, elle est tellement langue de vipère, qu'il sait très bien qu'elle va raconter à toute l'équipe ce qu'elle a vu. Il n'y a plus de doute, son secret est sur le point d'exploser.
Cette situation lui coupe complètement l'appétit. Il est terrorisé. Il s'enferme dans son bureau pour réfléchir à une issue. Une idée lui vient. Il part voir son chef, qui passe ses pauses à travailler.

- Marc, je suis désolé de te déranger, mais je ne me sens pas très bien.
- Qu'est-ce qui t'arrive ?
- Mon ventre me fait très mal et j'ai envie de vomir...

- J'espère que je n'ai pas la gastro.
- Oula... loin de moi s'il te plaît, rentre chez toi te soigner.
- Merci beaucoup, merci.

Axel ne perd pas de temps à vite quitter les lieux afin de ne pas croiser ses collègues.

Il saute dans sa voiture en direction du bar. Il se demande comment il va pouvoir gérer ça. Sera-t-il assez fort pour supporter les paroles et les regards moqueurs de ses collègues ?

Pendant un bref instant, il s'imagine même devoir changer de boulot, pour fuir les jugements d'intolérances auxquels il pourrait être confronté. Il sait très bien qu'au cabinet personne ne pourrait le comprendre.

Pendant ce temps-là, à la brasserie, Aurélia raconte tout ce qu'elle avait vu, « Je vous jure, une mini-jupe en cuir, une perruque, des escarpins... Je suis sûr qu'il se déguise en femme... C'est sûrement une drag-queen... »

Chapitre 6
Que le spectacle commence

Jeudi 12 septembre fin d'après-midi.

Axel arrive au bar club le Plumo. Florian l'accueille bras ouverts et lui dit « Tu es en forme aujourd'hui ? » Mais son grand ami de longue date ne répond pas. Il insiste jusqu'à ce qu'il lui fasse part de l'incident de la valise au travail. « Ne t'inquiète pas, nous allons trouver une solution, va te reposer avant de te préparer et monter sur scène. Ce soir il va y avoir du monde. »

Florian sait comment parler et rassurer Axel. Plus d'une fois il l'a réconforté quand celui-ci n'allait pas bien. C'est un ami fidèle, une personne sur qui il peut s'appuyer.

Après avoir cherché à faire une rapide sieste dans la pièce qui fait office de loge, le moment est venu de faire apparaître Axelle.

Face au miroir, la préparation va demander du temps. Il commence par plaquer ses cheveux en arrière. Il poursuit en étalant un fond de teint clair sur tout le visage. Sa barbe naissante est tout de suite dissimulée. Un trait noir épais sur les paupières, des faux cils longs et fins, du rouge à lèvres couleur sang, le maquillage est terminé. Il met une longue perruque blonde, qu'il asperge de laque pour la faire tenir sur la gauche. Il enfile une mini robe en cuir souple très ajustée, il y glisse une fausse paire de seins, quelques bijoux clinquants et finit par enfiler la paire de chaussures compensées par des talons vertigineux de plus de quinze centimètres de haut. Axelle est là, sublime et prête à mettre le feu sur scène.

20H, le club commence à se remplir.

Le Plumo est un bar ambiance relativement grand. Dès l'entrée, vous êtes accueilli par un vigile qui s'occupe du vestiaire. Un grand monsieur d'origine africaine, d'apparence froide mais avec un respect immense pour la clientèle LGBTQ. Après avoir traversé un couloir, vous arrivez dans une grande pièce équipée d'un comptoir scintillant de strass et de néons rouge. Là, deux serveurs torses nus aux corps musclés et imberbes, servent les boissons à la clientèle. Au plafond, des spots lumineux de toutes les couleurs et une vingtaine de boules à facettes. Enfin, à l'opposé du comptoir se trouve une scène relativement imposante, équipée d'une barre de pole dance. Il est possible d'aller évacuer tout l'alcool consommé, dans les toilettes qui se trouvent derrière le bar. Voilà le club le plus gay mais aussi le plus stylé d'Arcachon.

21H, l'endroit est noir de monde, plus de deux cent personnes sont présentes pour faire la fête et admirer Axelle. Celle-ci est très loin d'être nerveuse, il lui tarde de commencer son show. Elle en a presque oublié l'incident du jour au travail.

Florian prend le micro et s'adresse au public. « Et maintenant place au show ». La salle entière est plongée dans le noir. « Faites un tonnerre d'applaudissements pour notre incroyable mascotte... »

La musique commence, les spots lumineux dirigés sur la scène, la foule voit apparaître la drag-queen, plus belle que jamais.

Les premières paroles raisonnent dans le club. C'est sur le titre *Dance Again* de *Jennifer Lopez*, qu'Axelle commence à se déhancher.

(*Nobody know what I'm feeling inside...*)
(*Personne ne sait ce que je ressens à l'intérieur...*)

Un pas à gauche, un pas à droite, elle tourne autour de la barre, heureuse et sûre d'elle. Elle se donne dans une chorégraphie endiablée. Alors que le public a les yeux rivés sur elle, le refrain commence...

(*I wanna dance, and love, and dance again...*)
(*Je veux danser, et aimer, et danser encore...*)

Au travers de ces paroles, Axelle se dit qu'au fond, c'est tout ce dont elle rêve.

Elle enchaîne des mouvements de danse longs et sexys jusqu'à la fin. La musique finit, la foule l'applaudit, ils hurlent et réclament une autre prestation...

Elle ne s'est jamais autant sentie désirée. Elle descend de la scène, embrasse quelques personnes du public et prend la direction du comptoir pour prendre un rafraîchissement. Derrière le bar, Florian la siffle et lui dit :

- Tu as été incroyable, magnifique ! C'était génial.
- Vraiment ?
- Oui... Tu ne l'as pas ressenti ? Les gens étaient captivés par ta performance.

Au même moment, il lui donne une vodka orange.

Pendant ce temps-là, les deux amis ne se rendent pas

compte qu'un homme assis, appuyé sur le bar, les écoute discrètement. Il est habillé tout en noir. Il balance une phrase, « Je vous ai trouvée exceptionnelle ». Axelle se retourne pour répondre au monsieur, « Je vous... »

Elle s'arrête de parler, sous le choc de la découverte du visage de cet homme qui vient de la complimenter.

C'est son chef, Marc...

Chapitre 7
Les démasqués

La musique résonne, quelques secondes passent. Les deux individus se fixent du regard. Lui est captivé par la beauté d'Axelle. Quant à elle, elle est impressionnée et terrorisée d'être reconnue.

« Me feriez-vous l'honneur de partager un verre avec moi ? » Lui dit Marc. Pendant une fraction de seconde, elle hésite. Elle se demande si elle doit partir ou accepter cette invitation.

Elle tire le tabouret et s'installe délicatement sans rien répondre. Elle croise les jambes, il la dévisage de haut en bas.

- Vous êtes magnifique...
- Merci, répond Axelle la tête basse.
- Quelle énergie, vous devez faire beaucoup d'entraînement ?

– Oui, pas mal...

Au même moment Florian s'éclipse et laisse les deux individus faire connaissance.
Cette situation, elle ne l'a jamais connue. Elle se faisait souvent draguer par des clients, mais elle avait toujours décliné les avances qu'on lui faisait, de peur de ternir sa réputation au club.
Elle prend une grande respiration et se lance dans la conversation.

– Je ne vous avais jamais vu ici, jusqu'à aujourd'hui.
– C'est une première pour moi et je ne regrette pas d'être là.
– Ah bon ?
– Oui, vous imaginez, si je n'étais pas là ce soir, je ne vous aurais pas rencontrée...

Son premier verre de Vodka orange fini, Marc lui offre le second. Un sex on the beach.
L'alcool commence à faire effet, ils se livrent plus facilement sur divers sujets, tous en lien avec le sport et la musique...
Axelle n'ose pas lui demander ce qu'il fait dans la vie. Elle se dit, pourquoi poser une question quand on connaît la réponse ?
Dans un tel contexte, Axel aurait pris la fuite, mais malgré la peur, en femme, il avait beaucoup plus d'assurance et de courage.
Le temps passe et les deux individus commencent à bien s'apprécier. Ils se taquinent, rient. Ils apprécient ce moment qui semble complice entre eux.
Elle reste tout de même sur la réserve. Si jamais il venait à savoir qui se cache derrière tout ce maquillage et ces vêtements, il pourrait croire à une farce et le prendrait

certainement très mal.

- Vous pratiquez quel sport ? Demande la belle drag-queen.
- J'ai fait du rugby quand j'étais adolescent et aujourd'hui je ne vais qu'à la salle de musculation pour m'entretenir un peu...

Elle découvre une personne adorable, rien à voir avec le patron d'un cabinet de comptable, par moment autoritaire et pointilleux.
Une musique douce et romantique vient chatouiller leurs oreilles.

- Vous m'accorderez bien une danse ? Propose-t-il.
- Vous êtes sûr de vouloir danser avec moi ?
- Je m'en serais voulu de ne pas avoir demandé.

Elle accepte malgré le trac qu'elle a au fond elle.
Ils partent au centre de la piste, main dans la main. Marc prend la taille d'Axelle pour la rapprocher de lui et pour qu'ils soient collés l'un à l'autre.
À ce moment précis, elle se demande si au fond, elle n'avait pas le béguin pour lui depuis longtemps.
Les deux êtres tournent et valsent sur le titre *My immortal* du groupe *Evanescence*. Le public est en admiration face à cet instant si doux et romantique.
La chanson se termine, ils se détachent de quelques dizaines de centimètres et se regardent droit dans les yeux. Il lui demande :

- Comment vous appelez-vous ?
- Comme vous voulez...

Marc se rapproche et lui vole un baiser, puis un

deuxième. Les voilà tous les deux en train de s'embrasser passionnément au milieu de la foule, comme deux individus prêts à faire l'amour.

Axelle n'en revient pas, elle a l'impression de rêver. Pendant ce temps, lui se dit qu'il a rencontré la plus belle personne qui existe dans ce monde.

Leurs échanges de salive durent déjà depuis plusieurs minutes. Ils continuent de se donner en spectacle sans le vouloir, jusqu'au moment où Marc passe sa main dans les cheveux de la belle. La perruque se retire doucement, Axelle s'écarte...

– Axel ?
– Marc...

Un silence plane entre eux, malgré la musique...

Marc saute sur les lèvres de sa découverte une dernière fois et prend la fuite.

Il part en courant, en oubliant sa veste au vestiaire. Elle court pour le rattraper, elle tente de le suivre... « Marc attend, Marc... ». Il ne se retourne pas. Dans la rue, devant le bar club, elle cherche du regard son flirt d'un soir. Celui-ci s'est volatilisé.

Florian, qui a assisté à la scène vient au secours de son ami.

– Qu'est-ce qu'il y a ?
– C'était mon patron au cabinet.

Elle comprend vite que le lendemain allait être une journée compliquée et stressante au travail. Entre cette révélation et l'histoire de la valise, Axelle se demande comment elle va gérer la situation.

Florian la rassure, « Il connaît ton secret et toi le sien, vous naviguez tous les deux sur la même barque ». Il rajoute, « Rentre te reposer, la nuit risque d'être agitée dans ta tête ».

Elle va dans la loge pour se changer. Face au miroir, les larmes aux yeux, elle dit au revoir à Axelle. Elle retire ses vêtements et se démaquille...

Nu, il observe ce corps, mince, blanc, complètement imberbe. Un corps qu'il ne supporte plus et se demande si Marc le toucherait s'il était en homme.

Avant de partir, il récupère la veste de Marc, ne sachant pas vraiment s'il la lui rendrait.

Une fois arrivé chez lui, il se jette dans son lit, toujours en compagnie de son chat, chez qui il cherche un peu de réconfort. Il est fatigué de cette journée, mais ne trouve pas le sommeil, la nuit s'annonce compliquée.

Chapitre 8
L'absent

Vendredi 13 septembre, Axel sort de son lit bien avant que son réveil ne sonne. Il n'a pas fermé l'œil de la nuit. Il n'a fait que penser à Marc, à leur agréable moment passé ensemble et au moment où ils se sont embrassés. Mais ce qui monopolise le plus son esprit, c'est le fait qu'ils aient été démasqués tous les deux.

Il essaie d'avaler son petit déjeuner, mais rien ne passe. Le stress l'envahit à l'idée d'aller au travail. Il se secoue. Il essaie de se motiver en prenant une douche froide. Au même moment, il se remémore les paroles de Florian, « Vous naviguez tous les deux dans la même barque.» Il s'habille, sans faire d'effort vestimentaire. Un jean, un tee-shirt blanc, un sweat à capuche et une paire de baskets. Il ne prend même pas vraiment la peine de se coiffer.

Axel arrive au travail, le cœur battant à cent à l'heure. Il jette un rapide et discret regard sur la porte du bureau de son chef qui est fermée et part se cacher dans le sien.

Il tente de se concentrer au travail, mais sans succès. Le temps passe, quelqu'un frappe à la porte. Il fait un bond sur sa chaise... Il n'ose pas répondre, mais ça insiste.

- Entrez...
- Alors ma grande, il paraît que l'on collectionne les mini-jupes...

Mathieu est face à lui, le sourire moqueur jusqu'aux oreilles. Même pas un bonjour, direct une attaque. Il a dans ses mains une tarte aux fruits.

- Aurélia nous a raconté, tu aimes t'habiller comme une traînée, dit-il en riant.
- Laisse-moi tranquille, je bosse...
- Tiens ma petite Priscilla, je t'ai apporté ton dessert.

Axel comprend cette blague de très mauvais goût, faisant référence au film, *Priscilla folle du désert*.

- Tu l'as planquée où ta petite valise... ?
- Va-t'en, laisse-moi...
- N'aie pas honte, je suis sûr que tu ne dois pas valoir grand-chose comme ça.

Axel souffle, il avait presque oublié cet incident. Il dénie les remarques qu'il lui lance. Son collègue fait le tour de son bureau, il glisse son index sur la joue et se met à dire tout fort, « Quelqu'un aurait un fond de teint pour Axel ? Il est tout pâle ce matin ».

Aurélia et Natacha arrivent en ricanant. Ses trois collaborateurs sont là devant lui, prêts à balancer leur venin de méchanceté.

- Mon pauvre, tu tires une de ces tronches, dit Natacha.
- Quelqu'un t'a volé ta perruque ? Rajoute Aurélia.
- Vous n'avez pas de maquillage à lui prêter ? Il en aurait grand besoin ! Continue Mathieu.

Axel se lève de sa chaise et hurle, «Vous n'avez rien d'autre à faire ? Dehors ! ». Ils quittent son espace de travail en continuant de rire.
Il n'a que faire de ces moqueries, dignes d'un groupe d'adolescents dans la cour d'une récréation, il a autre chose à penser.
Une dizaine de minutes plus tard, quelqu'un frappe de nouveau à la porte... Son cœur se met à battre fort. Et si c'était Marc ?

- Oui...
- Ne fais pas attention à ce qu'ils disent... Ils sont immatures...

Marie qui vient apporter un peu de réconfort à son collègue.

- Merci... Dis, tu sais si Marc est là ? Demande Axel
- Non, il a appelé ce matin, il a dit qu'il ne viendrait pas aujourd'hui.
- Il a précisé pourquoi ?
- Non, il n'a rien évoqué.

Avant de partir, elle rajoute :

- Au fait, si tu souhaites te venger un jour, j'ai des dossiers sur Aurélia et Mathieu...
- Comment ça ?
- Mon bureau est juste à côté des toilettes et je peux te dire que tous les deux se donnent à cœur joie... Tu

crois que le porte-papier toilette s'est cassé tout seul... J'ai même un enregistrement où on l'entend bien gueuler de plaisir la Aurélia.

Elle sort du bureau tout en lui faisant un clin d'œil.
Cette révélation lui fait ni chaud ni froid, mais il la garde dans un coin de sa tête. Qui sait peut-être que cela pourrait lui servir un jour ?
Les heures passent et il ne sait pas quoi faire. Il pense à la veste qu'il a récupérée et se dit que c'est une bonne excuse pour envoyer un message à Marc. Il prend son téléphone et tape :

(*Bonjour Marc, j'espère que tu vas bien, j'ai ta veste avec moi, je pense que l'on devrait discuter. À très vite Axel.*)

Le message est parti, il n'a plus qu'à attendre une réponse.
Il se lève et fait les cent pas dans son bureau. Quelques dizaines de minutes plus tard, aucun retour. Il se demande s'il a bien fait de lui écrire ce message...
Bientôt l'heure de la débauche, il attend que tous ses collaborateurs partent pour aller dans le bureau de son chef, à la recherche de son adresse personnelle.
17H10, il ne reste plus que lui dans le cabinet. Il se dirige discrètement vers la porte du lieu de travail de son boss. Il pénètre à l'intérieur... Rapidement, il fouille autour de l'ordinateur pour trouver un papier ou autre chose...
Une porte vient de claquer... Des bruits de pas. Il n'ose plus bouger, il patiente. Il aperçoit par la petite fenêtre, la tête de Natacha. Celle-ci avait oublié son foulard.
Elle se rend compte que le bureau d'Axel est ouvert. « Axel tu es là ? » Dit-elle dans le couloir. Il ne répond pas. Il reste immobile, il n'ose même pas respirer de peur d'être remarqué. Elle renouvelle sa phrase et attend quelques secondes...

Le téléphone de la ligne privée de Marc sonne et provoque un sursaut au jeune homme. Il fait tomber un stylo au sol. Le petit bruit que cela suscite interroge Natacha. Elle avance et entre.

- Mais qu'est-ce que tu fais là ?
- Euh...

Il ne sait pas quoi répondre.

- On n'a pas le droit d'entrer dans le bureau du patron.
- Oui je sais, mais je devais récupérer un papier.
- Quoi donc ?
- Le... Le document...

Axel ne sait plus quoi dire, il se sent pris au piège et tente de s'échapper de cette situation.

- Alors, je t'écoute quel document ? Demande-t-elle sur un ton autoritaire.
- Mes notes de frais... J'ai oublié de noter des dépenses dessus.
- Okay, mais ne traîne pas trop dans son bureau !

Natacha part sans réfléchir. Elle quitte les lieux et par réflexe, ferme la porte du cabinet à clé. Heureusement qu'il a un double pour pouvoir partir et refermer derrière lui.

Il continue à chercher et trouve une attestation de couverture sociale, sous une pile de documents. Il note l'adresse rapidement sur un morceau de papier et quitte le bureau de Marc.

Chapitre 9
Faits divers suite

*Dimanche 15 septembre fin d'après-midi.
Les recherches sont en cours...
Le médecin légiste attend les résultats des prélèvements ADN. Ceux-ci serviront à identifier le cadavre...
On remarque des traces de fond de teint sur le visage du mort...
Affaire à suivre...*

Chapitre 10
Une dernière danse

Vendredi 13 septembre 18H, Axel arrive chez lui, il regarde son portable, aucune réponse de Marc.

Il met de la musique à fond dans son appartement, c'est la seule chose qui lui donne la pêche et le moral. Il a l'adresse, mais ne sait toujours pas s'il va aller l'affronter. Il commence à danser, il se motive. Il pense tout à coup qu'il est attendu ce soir au Plumo. Il appelle Florian pour annuler.

- Salut, ça va ? Dit Axel.
- Ouais, je n'ai pas arrêté de penser à toi. Comment a été ta journée ? Tu as pu discuter avec ton boss ?
- Une journée de merde que je rêve d'oublier. Entre mes collègues qui n'ont aucun doute sur le fait que je me travestisse et mon chef qui était absent alors que j'aurais vraiment besoin de lui parler...
- Merde, ne porte pas d'attention aux jugements des

autres... Pourquoi n'était-il pas présent aujourd'hui ?
- Je ne sais pas. Personne ne le sait, mais j'ai son adresse et sa veste...
- Tu attends quoi pour y aller, fonce !
- J'ai peur de sa réaction... et en même temps j'ai besoin de le voir...
- Va ou sinon tu le regretteras !
- Okay, je vais y aller.
- Tu me tiens informé ! Je suppose que je vais devoir te remplacer ?
- Oui, je suis désolé...
- Pas de souci, je vais juste devoir faire appel à Peggy, alias Miss Cardi bide. J'espère juste que cette fois-ci, elle ne va pas casser un tabouret en s'asseyant dessus comme la dernière fois... Allez je te laisse, bon courage mon grand.
- Merci.

    Motivé, Axel fonce dans sa salle de bain. Quelque chose l'empêche de se préparer. Il se demande dans quel corps il doit y aller. Marc pourrait le rejeter s'il était homme, après tout c'est pour Axelle que ses yeux brillaient hier soir et en même temps, quand il a découvert qui se cachait derrière ce maquillage, il lui avait volé un dernier baiser.
    Il décide de faire un mélange des deux. Il enfile un jean slim et une chemisette en flanelle blanche. À l'aide de gel, il plaque ses cheveux en arrière, il se poudre le visage et met un rouge à lèvres couleur chair. Il se glisse dans une paire de baskets roses. Le voilà prêt, un peu homme, légèrement femme.
    Il monte dans sa voiture et tape l'adresse sur son GPS. Ses mains tremblent. Il se demande si c'est une bonne idée, mais ne voulant pas avoir de regret, il met le contact en route de sa Fiat 500, il passe la première et roule jusqu'au

domicile de cet homme qui a chamboulé son esprit.

Quinze minutes plus tard, il arrive devant la résidence. Il est à quelques dizaines de mètres de la confrontation. Il rentre dans les parties communes et regarde les boîtes aux lettres. Il voit le nom de Marc. Pas de doute, il est au bon endroit. Il monte dans l'ascenseur et appuie sur le bouton, troisième étage. Celui-ci se fait attendre quelques secondes. Une attente qu'Axel trouve insupportable. Il serre fort entre ses doigts la veste. Les portes s'ouvrent, il n'est plus qu'à quelques mètres de l'appartement.

Dans le couloir, résonne de la musique classique, du *Chopin*... Elle vient du logement de Marc. Il est devant la porte, les mains moites. Il rêve que celui-ci le prenne dans ses bras et l'embrasse directement.

Il frappe à la porte... Personne ne répond. Il patiente quelques secondes et recommence...

La porte s'ouvre...

Il est là devant lui, les cheveux en bataille, vêtu d'un short de sport et d'un débardeur noir laissant apparaître son corps parfait. Il ne semble pas surpris de le voir. Les deux hommes se regardent, « Je me suis permis de te ramener ta veste. » Il ne répond pas, mais il lui fait signe d'entrer.

Axel découvre les lieux. Il pénètre directement dans un grand salon un peu en bazar. Une décoration simple, un canapé d'angle en tissu couleur crème, une table et quatre chaises en bois brut. Une grande baie vitrée qui procure une vue directe sur le bassin d'Arcachon qui se trouve à quelques centaines de mètres.

Tout en observant autour de lui, quelque chose le choque. La présence d'une bouteille de rhum presque vide et des lignes de cocaïne sur la table basse. Tout ce contexte le laisse à penser que son patron n'est pas dans un état très clair.

– Il faudrait que l'on parle d'hier soir, se lance Axel.

– Assieds-toi ! Lui répond froidement Marc.

Il lui sert un verre, sans lui demander s'il voulait boire quelque chose. Il est un peu empoté sur ses deux jambes, signe qu'il n'est pas dans un état sobre.

L'ambiance est glaciale, la musique qui résonne ne parvient pas à apaiser l'atmosphère. Il se demande s'il est content d'être là, ou s'il devrait partir. Son boss ne laisse rien paraître sur son visage.

Le jeune homme fixe la poudre blanche sur la table, « Prends-toi une ligne ! » Lui balance-t-il. Il ne sait pas quoi faire, il hésite. Il connaît les ravages que les drogues dures peuvent provoquer. Le fait qu'il fréquente le milieu gay lui a permis plus d'une fois d'être spectateur d'overdoses.

Il prend une paille qui se trouve sur la table, il se penche et sniffe le rail de coke.

Il se sent tout à coup moins nerveux. L'effet de cette poudre est immédiat. Son boss l'observe sans rien dire.

– Es-tu gay ? Lui demande Axel.
– Je suis bi...

Voilà déjà une réponse claire. « C'est la première fois que je dis ça à voix haute. » Il se rapproche de son collègue et pose sa main sur sa cuisse fine. Axel prend connaissance de son haleine, il devine qu'il n'en est pas à deux ou trois verres. Il se dit qu'il a dû passer la journée à boire.

– Et ta gastro ?
– Euh....

Il ne sait pas quoi répondre. Il avait oublié cette histoire inventée.

– Je devais partir. Aurélia a découvert mes tenues de

drag-queen dans ma valise.
- La connaissant, je parie qu'elle l'a déjà crié sur tous les toits.

Le regard de Marc commence à s'adoucir. Il devient moins froid et un petit peu plus accessible. Il ajoute :

- J'avais peur de venir travailler aujourd'hui. C'était trop compliqué pour moi, je ne sais pas quelle attitude j'aurais pu avoir en te voyant là-bas.
- J'avais peur aussi, mais j'y étais.
- Je n'ai pas ton courage.

Axel se lève.

- Mais quel courage ? Je suis une drag-queen et je garde cela pour moi depuis plus de quatre ans... Enfin jusqu'à aujourd'hui.
- Nous avons tous nos secrets.
- Il y a des choses qu'il vaut mieux ne pas révéler...

Marc se lève, il prend la main d'Axel.

- Je ne sais pas si je dois t'en vouloir, ou si je dois t'embrasser.
- Les deux peut-être...
- Pourquoi tu m'as laissé te draguer ?
- Je ne sais pas... Peut-être qu'au fond de moi c'est ce que j'ai toujours voulu.

La musique les plonge dans une envie d'affection, Marc lui dit, « Danse avec moi... »
Les voilà tous les deux partis dans un slow, serrés l'un contre l'autre. Ils ressentent chacun leurs battements de cœur qui se mélangent à la mélodie de *Chopin*. Leurs

souffles chauds vibrent dans leurs nuques.

Marc lui glisse à l'oreille, « Je t'ai toujours trouvé beau Axel... »

Il n'en revient pas. Est-ce un rêve ou la réalité ? Son chef venait de lui faire un aveu, qu'il n'avait pas vu venir. Ce n'était pas Axelle qui avait captivé son attention, mais bien Axel et ce depuis longtemps. Même s'il ne l'avait pas reconnu immédiatement au club la veille, c'est bel et bien ce jeune homme au corps fin et lisse qui l'attirait et accaparait son attention.

Les deux hommes commencent à s'embrasser, doucement, puis de plus en plus intensément. Le désir entre eux est fort. L'envie de ne faire qu'un se ressent aussi bien pour l'un que pour l'autre.

D'un coup, Marc le porte et le pose sur le bord d'une table. Il retire son débardeur et son short. Axel découvre un bel homme musclé, viril, complètement nu. Il déboutonne sa chemisette... Ils continuent de s'enlacer. L'envie de passer à l'acte est là, jusqu'à ce que Marc recule... Il l'observe...

Il souhaite continuer dans cet élan de passion à vouloir faire l'amour à Axel, à se jeter sur lui, mais il n'y arrive pas. Quelque chose l'en empêche.

- Je ne peux pas faire ça... Dit-il en remettant son short et son débardeur.
- Je ne comprends pas...
- Tu n'imagines pas tout ce que j'ai dû faire pour être dirigeant d'un cabinet de comptable à mon âge... Je ne peux pas perdre tout ça !
- Je comprends...
- Et les regards des gens, les jugements... Tout ça je ne le supporterai pas.
- Tu n'as pas besoin de te justifier avec moi, je sais ce que c'est.
- Je ne sais pas comment tu peux faire, je les entends

au bureau ricaner derrière ton dos...
- Je n'y ai jamais porté d'attention, même si au fond de moi ça me blesse un peu.

Marc prend la direction de sa bouteille de rhum, il boit. Il ne prend même pas la peine de se servir dans un verre. Il est perdu dans ses sentiments. Il est convaincu, que s'il va jusqu'au bout de ses désirs avec son collègue de travail, il le regrettera. Cette peur est incontrôlable, il ne veut pas faire une bêtise, qui sera à ses yeux irréversible.
Axel a de la peine pour lui, il comprend au fond de lui ce qu'il ressent. Il tente de l'approcher pour le consoler, tout en posant délicatement sa main sur son épaule, en guise de signe de compassion.

- Je te promets que je ne révélerai jamais nos échanges et nos conversations...
- Merci, je sais que tu es quelqu'un de confiance.
- Tu es sorti aujourd'hui de chez toi ?
- Non, je n'avais pas la tête à voir du monde.
- Je te propose que l'on aille marcher le long du front de mer, ça te fera du bien et après je te laisserai te reposer.
- D'accord, laisse-moi mettre un jean et une veste.

Il part s'habiller. Pendant ce temps, Axel observe autour de lui. Sur l'un des murs, il voit des cadres de photos de famille de Marc. Une famille qui semble si proche et si soudée. Il ne souhaite à personne de connaître le rejet qu'il a vécu avec la sienne.
Quelques instants plus tard, ils sortent tous les deux de l'appartement. Dans l'ascenseur, ils se sourient mais ne disent rien. Les deux hommes semblent être complices et conciliants l'un envers l'autre.
Ils descendent la rue qui mène à la plage centrale. Ils

marchent tranquillement sans rien dire...
　　　Marc passe sa main délicatement sur le dos d'Axel, une douce caresse qu'il accompagne d'un mot, « Merci. »...

Chapitre 11
Le compte rendu de l'enquête

Dimanche 15 septembre à 20H
Dans le poste de police d'Andernos, travaille l'officier Gérard Perez. C'est un charmant monsieur de quarante ans, qui s'est toujours investi à cent pour cent dans son travail.

Depuis ce matin, c'est lui qui est chargé de rassembler les preuves et de découvrir ce qui était arrivé à cet inconnu retrouvé mort.

Après de longues heures de travail sous pression, il est en mesure de rédiger le compte-rendu de l'enquête. Les récents éléments suffisent pour conclure les causes du décès de l'homme découvert sur la plage.

Il reprend...

(Samedi 14 Septembre 2015 à 9H,
une femme découvre le corps d'un homme sans vie... Après
une série de photos et de repérages pris, le cadavre est

confié au médecin légiste. Après avoir nettoyé le mort, (Celui-ci avait des algues, du sable et de la vase sur le visage...)
On remarque une légère présence de fond de teint sur les joues de l'homme...
Quelques prélèvements révèlent la présence d'alcool et de drogue dans l'organisme du défunt...
De l'eau de mer dans les poumons est également présente...
Absence de marque ou de blessure sur le corps...
La prise de connaissance des caméras de surveillance de la plage centrale d'Andernos montre :
23H, deux jeunes hommes marchent le long du front de mer, ils semblent calmes. Un groupe d'individus les accoste, ils semblent porter des jugements. Cela ressemble à une agression verbale.
On devine une certaine tension qui monte.
L'homme numéro un les pousse et a l'air de vouloir se défendre, mais l'homme numéro deux le retient... Le groupe d'individus s'en va...
Les deux jeunes hommes continuent de marcher, ils ont l'air de se disputer, l'un d'entre eux donne l'impression de vouloir être seul, l'homme numéro deux part en courant sans se retourner...
23H30, l'homme numéro un avance en direction de la jetée centrale, une fois au bout, il est appuyé contre une barrière, il semble pleurer...
On le voit se redresser, il s'essuie le visage.
Il monte sur la rambarde de sécurité et sans réfléchir il saute dans la mer...
Dans un élan apparent de désespoir, l'homme se suicide.
L'heure du décès est estimée à minuit.
L'homme est mort peu de temps après s'être jeté à l'eau. Il est resté emprisonné dans la vase.
Les traces d'ADN révèlent le nom du jeune homme...
Il s'agit de Monsieur...)

Voilà le compte rendu de l'agent Perez.

Il en déduit, que l'homme devait être désespéré pour avoir réaliser un tel passage à l'acte.

L'enquête n'est pas encore terminée. Il doit maintenant interroger l'entourage du mort, afin de comprendre les raisons de son geste. Cela aura lieu le lendemain matin et il commencera par l'homme numéro deux.

Maintenant, la première chose qu'il doit faire est d'appeler les parents du décédé, pour leur annoncer la perte de leur fils.

Chapitre 12
L'interrogatoire

Lundi 16 septembre, au petit matin.
Alors qu'une belle journée ensoleillée s'annonce, celle-ci est perturbée par cette terrible nouvelle. Elle provoquera une immense tristesse dans le cœur d'un grand nombre de personnes.
8H30 du matin, quelqu'un frappe à la porte. L'homme encore endormi se lève au ralenti pour aller ouvrir. Au travers du judas, il découvre deux agents des forces de l'ordre.
Il ouvre la porte...

- Bonjour Monsieur, je suis l'officier Perez, je vous présente mon collègue, l'agent Dupont. Nous sommes désolés de vous déranger à cette heure-ci, mais nous avons des questions à vous poser.
- Des questions ? Mais à quel sujet ? Répond

l'homme, encore pas très bien réveillé.
- Une jeune femme a retrouvé un corps sur la plage hier matin... Pouvons-nous entrer ?
- Oui, je vous en prie.

L'homme les invite à s'asseoir sur le canapé. Il est complètement chamboulé. Il n'a pas beaucoup dormi cette nuit. Il leur propose un café, mais les agents refusent et lui demandent de se poser.

« Connaissez-vous cet homme ? » Il découvre sur une photo le visage d'une personne, il est sous le choc, il devient tout blanc. Des larmes lui montent aux yeux. « Oui je le connais ». Il craque...

- Il est mort ? Demande-t-il.
- Oui monsieur.

Il met ses deux mains sur son visage, il n'arrive pas à croire ce qu'on lui annonce.

- Que lui est-il arrivé ?
- Il s'est suicidé.

L'homme n'en revient pas, il prend un mouchoir pour essuyer les larmes qui coulent sur ses joues.

- Nous avons visionné les caméras de surveillance du front de mer. On vous voit avec lui en train de marcher. Nous souhaitons comprendre son geste, vous êtes la dernière personne à l'avoir vu.
- Je vais vous raconter... Donnez-moi une minute s'il vous plaît.

L'homme se lève et prend un verre d'eau. Il souffle un bon coup et explique le dernier moment qu'il a passé avec le défunt.

« Nous avons passé une partie de la soirée ensemble. On avait beaucoup de choses à nous dire. Nous avons décidé d'aller marcher un peu...

À un moment donné, un groupe de branleurs nous a accostés, ils nous ont insultés en nous traitant de "tafioles". Il a voulu se défendre et se battre mais je l'en ai empêché... Les sales types sont partis, nous avons continué à marcher doucement et il me disait, "Je ne pourrai pas supporter toute cette agressivité, la méchanceté humaine... Tout ça parce que l'on ne rentre pas dans les normes des sociétés …" Il a répété cela trois fois. Il m'a ensuite demandé de m'en aller, il voulait être seul . Je ne voulais pas le laisser, mais il ne m'en a pas laissé le choix. Il commençait à lever la voix... Alors j'ai respecté son choix et je suis parti en courant sans me retourner. »

Les policiers notent tout ce qu'ils viennent d'entendre. Ils lui demandent, « Qu'était-il pour vous ? » L'homme ne sait pas quoi répondre... Ils renouvellent leur question.

« C'était mon chef au travail, mais je crois aussi un peu mon amant... En fait je ne sais pas trop ce que nous étions l'un pour l'autre... »

Ils continuent de prendre des notes.

- Nous avons retrouvé la présence d'alcool et de drogue dans son sang...
- Il en avait consommé dans la journée...
- Et vous ?
- Euh... je l'ai accompagné, un peu hier soir.

Les deux policiers le regardent d'un air sévère.

- Vous savez que c'est dangereux de consommer de la drogue ? Dit l'officier Perez.

- Bien-sûr que oui. C'était une exception.
- J'espère bien ! Nous avons de plus en plus d'affaires à traiter concernant des overdoses lors de soirées de style orgie.
- Croyez-moi, je ne touche jamais à ça.
- Il suffit d'une fois... Et sans vous en rendre compte, vous finissez dans un guet-apens entouré de personnes complètement perchées. Ils appellent ça du sexe planant, un moyen pour eux de tester leurs limites.
- J'ai déjà entendu parler... mais je vous le redis, je ne touche jamais aux drogues dures.

Axel l'écoute, mais ne souhaite qu'une chose, qu'ils partent de chez lui.

- Vous avez encore des questions à me poser ?
- Non, tout est clair pour nous.

Les agents ont eu les réponses qu'ils souhaitaient. Ils prennent la direction de la porte d'entrée. Avant de partir, ils lui posent une dernière question ?

- Votre ami, amant, collègue, portait-il du maquillage ?
- Non, je ne crois pas... pourquoi ?
- Il y avait des traces de fond de teint sur son visage.
- Je suis une drag-queen... Je porte souvent du maquillage...
- Mais comment a-t-il pu atterrir sur lui ?
- Nous nous étions embrassés avant de partir marcher.
- Je comprends...

Les deux policiers dévisagent Axel, le regardant de

haut en bas.

- Il y a un problème ?
- Non non, nous y allons...
- Vous venez de me juger, alors qu'un homme s'est donné la mort car il avait peur d'être catalogué... Quelle mentalité ! Sortez de chez moi maintenant !

Les deux agents partent sans rien dire et sans avoir une seule once de bienveillance et de compassion envers Axel, qui venait de perdre plus qu'un simple collègue de travail.

Il se retrouve seul dans son salon. Il n'arrive pas à s'ôter l'image de Marc de la tête. Il semble avoir perdu la personne la plus chère à son cœur. Il pleure, il hurle et se réfugie dans son lit, en compagnie de son chat...

Il n'ira pas au travail aujourd'hui, ni demain, ni les prochains jours...

Il écrit un rapide message à Florian pour lui faire part de son chagrin et s'excuse par avance de ses futures absences.

Chapitre 13
L'objet trouvé

    Tout le monde a appris la triste nouvelle. Ses collègues de travail, sa famille, ses amis sont sous le choc. Axel ne parvient pas à digérer cette perte. Il passe ses journées enfermé chez lui à broyer du noir. Il est convaincu que tout cela est de sa faute. Malgré les paroles réconfortantes de Florian, il ne cesse de se dire que s'il avait pris la fuite quand il l'avait découvert au bar, il serait encore là aujourd'hui.
    Barbara et Roger, les parents de Marc sont anéantis, leur seul et unique fils venait de mourir. C'est la police, qui leur a annoncé cette terrible nouvelle. Le dimanche soir à 21H, alors qu'ils s'apprêtaient à regarder un bon film, le téléphone s'est mis à sonner. Dans un premier temps, ils se sont demandés, qui pouvait appeler à cette heure-ci ?
    Trente secondes plus tard, un raz de marée de tristesse et des cascades de larmes les ont envahis.

Deux jours passent, Barbara décide d'aller dans l'appartement de son fils pour récupérer quelques souvenirs de lui. Un vêtement, des photos... Elle ne sait pas quoi prendre. Elle fouille un peu partout, elle a le sentiment de faire quelque chose de mal... Entrer dans l'intimité de celui-ci. Le logement lui semble si vide, c'est une épreuve très difficile pour elle.

Elle découvre les traces de cocaïne et les bouteilles d'alcool vides sur la table basse du salon. Jamais elle n'aurait pu imaginer qu'il se droguait, mais elle ne s'y attache pas.

Elle regarde un peu partout, sans chercher à être intrusive. Elle arrive dans sa chambre et ouvre le premier tiroir d'une commode. Sous une pile de tee-shirts, elle trouve des magazines de sports, des cartes postales et un cahier.

Un cahier sur le quel rien n'était écrit sur la couverture. Elle l'ouvre et y découvre des notes qu'il avait prises. Elle tourne les pages, elle voit des dates s'afficher, des histoires racontées de son quotidien. Elle a entre ses mains le journal intime de son fils.

Dans un premier temps, elle est surprise de savoir qu'il en tenait un et ensuite, elle se demande si c'est une bonne idée de le lire, mais cela pourrait lui permettre de comprendre son acte. Elle a l'impression de violer ses secrets. Elle se dit, s'il tenait un journal, ce n'était pas sans raison. Elle le met dans son sac à main et le découvrira plus tard peut-être...

Quelques jours passent, c'est aujourd'hui qu'ont lieu les funérailles de Marc. La cérémonie se passe à l'église d'Andernos, ville où il y avait vécu et grandi. Tous ses proches sont présents, même son équipe à son travail est là. Tous sauf son père qui a la suite de cette tragédie, celui-ci est tombé dans une grave dépression.

Axel fait l'effort de venir, mais reste en retrait au fond de la salle. Il ne veut pas qu'on le remarque, il ne veut pas qu'on le voit pleurer.

L'ambiance est triste, une vague d'émotion plane dans toute la pièce. Beaucoup n'en reviennent pas d'être là pour lui dire adieu. Il était si jeune. Il était si beau. Il était si jeune.

La cérémonie se termine par la sortie du cercueil de l'église. Tout le monde sort, s'embrasse et cherche à s'apporter du réconfort. La maman de Marc repère Axel qui est sur le point de partir. Elle le rattrape.

- Monsieur, ne partez pas...
- Oui, pardon ?
- Je m'appelle Barbara, je suis la maman de Marc, dit-elle d'un air triste.
- Toutes mes condoléances Madame, lui répond le jeune homme tout en posant sa main sur l'épaule de la dame.
- Je suppose que vous êtes Axel...
- Oui, c'est bien moi.

Il fronce les sourcils, se demandant comment elle sait qui il est.

- Je vous ai reconnu, car mon fils vous a si bien décrit.
- Comment ça ?
- Dans son journal intime... Je l'ai trouvé chez lui... Je pense que vous devriez le lire.

Axel est surpris. Il se demande pourquoi il doit le découvrir et est-ce que Marc aurait vraiment souhaité qu'il le lise.

- Ah bon ?
- Oui, s'il vous plaît, prenez-le.

Avec beaucoup d'hésitations, il accepte de le

récupérer. Il prend dans ses bras Barbara pour lui dire au revoir et s'éloigne.

Le jeune homme part s'asseoir sur la plage. Il a entre ses mains cet objet qui l'intrigue. Il hésite à ouvrir l'ouvrage secret de la vie de son chef.

Il regarde au loin. Il admire l'eau calme du bassin d'Arcachon et décide de se lancer dans la découverte du fameux journal.

Chapitre 14
Le journal intime

Marc avait commencé à écrire les premières lignes en début d'année. Le commencement révèle les sentiments profonds d'un homme qui semble perdu dans sa vie...

(Dimanche 18 janvier 2015... 15H
Cher journal, je vais commencer par me présenter. Je m'appelle Marc, trente et un ans, patron d'un cabinet de comptable, perdu entre mon travail, ma salle de sport et mon orientation sexuelle. Je vois bien que je plais autant aux hommes qu'aux femmes. Pour le moment, je n'ai jamais couché avec un garçon, mais j'envisage sérieusement de réaliser ce fantasme. J'aime toujours les filles, mais depuis un certain temps, je m'interroge beaucoup sur le sexe entre hommes. Il n'y a pas si longtemps de ça, un gars a tenté une approche dans les vestiaires du club sportif où je suis inscrit. On était que tous les deux, j'aurais pu me laisser

séduire et envisager un premier contact, mais j'étais stressé à l'idée que quelqu'un entre. J'ai repéré un lieu de drague, je vais bientôt prendre mon courage à deux mains et faire ce grand saut. J'ai pris l'initiative de t'écrire car je pense que je vais souvent avoir besoin de me confier. Je ne suis pas du genre à parler de ma vie aux médecins ou à ma famille, surtout quand cela est très intime. Je ne manquerai pas de te tenir informé de la suite de mes aventures, si j'arrive à réaliser ce passage. Je te dis à très vite.

(Dimanche 25 janvier 2015... 18H
Cher journal, je l'ai enfin réalisé... J'ai pris mon courage à deux mains et je me suis rendu dans un lieu de drague, fréquenté par des homos. Un bois, le long de la voix rapide. J'avais peur, je suis resté appuyé contre un vieux chêne et j'attendais. Je voyais ces hommes qui marchaient et qui se cherchaient du regard. À un moment donné, un gars blond au corps fin s'est approché de moi. Venu de nulle part, il a commencé par me toucher le torse. Une agréable sensation s'est emparée de moi. Il a ensuite tout doucement descendu sa main dans mon jogging. Mon anatomie réagissait naturellement. La température glaciale ne me donnait pas froid. Il m'a ensuite glissé à l'oreille... « Prends-moi... » Je me suis jeté sur lui sans réfléchir. J'ai aimé faire ça. J'étais surpris de l'assurance que j'avais et de l'ardeur que j'y ai mise. L'entendre prendre du plaisir me donnait encore plus envie d'être endurant. C'était une belle découverte qui me permet aujourd'hui d'affirmer mon attirance pour le sexe entre hommes. Mais je ne me sens pas gay pour autant... Enfin je ne pense pas).

(Mercredi 4 février 2015 à 22h...
Cher journal, je me suis inscrit sur Grindr, un site de rencontre entre hommes. Je n'ai pas osé mettre une photo de moi de peur d'être reconnu et j'ai bien fait. Je suis tombé sur le profil d'un de mes agents. J'ai tout de suite supprimé mon

compte que je venais de me créer... Tant pis, je continuerai à aller au bois pour m'amuser avec des mecs.)

(Dimanche 8 février 2015 à 19h...
Cher journal, aujourd'hui j'ai eu une visite inattendue chez moi. Mon ex petite amie est venue pour recoller les morceaux. Elle s'appelle Julie, nous sommes restés ensemble plus de deux ans. Elle était follement amoureuse de moi, mais je l'ai quittée, il y a presque un an de ça, car je n'avais plus de sentiments pour elle. Je la trouve toujours aussi jolie avec ses longs cheveux noirs et ses courbes généreuses, qui me faisaient craquer à l'époque de notre rencontre. Notre séparation lui a fait beaucoup de mal. Elle est restée en contact avec mes parents, qui la regrettent beaucoup. Ils appréciaient tellement son franc-parler et son rire très communicatif. De mon côté, j'ai tourné la page, mais elle aime revenir de temps en temps à la charge, pour voir si une issue à notre réconciliation serait possible. Je dois reconnaître qu'aujourd'hui j'ai été un peu salaud. Cela faisait longtemps que je n'avais pas couché avec une fille et j'ai saisi cette opportunité avec elle. Tout en lui faisant croire que j'allais réfléchir sur notre avenir, je l'ai embrassé. J'ai profité de son moment de faiblesse pour lui faire l'amour, comme avant... Enfin j'ai essayé... J'étais bien parti, nous étions tous les deux nus sur mon lit, à enchaîner les préliminaires avec beaucoup d'intensité, mais au moment de la pénétrer, mon anatomie ne réagissait plus. Sur cet échec, je lui ai demandé de se rhabiller et de partir de chez moi. Quand elle m'a demandé la suite pour nous deux, savoir ce que je prévoyais, je me suis refroidi et je lui ai répondu sèchement qu'il n'y aura aucun avenir envisageable. Elle a quitté mon appartement en pleurant et en claquant la porte violemment. Je ne peux que la comprendre. Ce n'est pas dans mes habitudes de faire du mal aux gens et je reconnais que mon attitude était vraiment irrespectueuse envers elle. Par contre, ça m'a un peu

perturbé de ne pas avoir réussi à lui faire l'amour. Cela remet beaucoup de choses en question. Est-ce que je ne la désire vraiment plus, ou bien les femmes ne m'attirent plus ? L'avenir me le dira sûrement, j'espère.

Axel est mal à l'aise, il prend connaissance des moments les plus intimes de son patron. Il comprend que le profil que Marc avait vu sur Grindr, devait être le sien. Il ne cherche pas à être curieux. Il tourne les pages pour aller directement à quelques jours avant son décès.

(Jeudi 12 septembre 2015... 8H
Cher journal, je suis nerveux aujourd'hui. Je vais mettre les pieds ce soir pour la première fois dans un club gay... Je vais tâcher de rester concentré au travail).

(Jeudi 12 septembre 2015... 19H
Cher journal, je ne sais pas comment m'habiller pour aller dans un endroit pareil. Il paraît que les gays sont branchés mode, mais dans mon dressing je n'ai que des tenues très sportswear. Je vais me la jouer simple et discret. Je suis quand même stressé d'y aller et en même temps pressé).

(Jeudi 12 septembre 2015, 23H30...
Cher journal, je me sens mal, très mal. J'ai fait en sorte de ne pas me faire remarquer, mais c'est raté. Le pire, c'est que j'ai embrassé un de mes agents. Je t'explique. J'étais tranquille assis en train de boire un whisky pendant qu'une drag-queen faisait son show. J'étais fasciné par sa beauté, son corps mais aussi sa souplesse. À la fin de son numéro, je l'ai abordée au comptoir et ça a tout de suite collé entre nous. Je l'ai invité à danser sur un slow, nous nous sommes embrassés. C'était très agréable. À un moment donné, sous le poids de ma main, sa perruque a glissé et c'est ainsi que j'ai découvert le visage d'Axel, un de mes agents au cabinet. Je ne sais pas pourquoi, je l'ai embrassé rapidement une

dernière fois avant de prendre la fuite. Il a tenté de me suivre, mais je ne me suis pas retourné. Je ne sais pas quoi faire. J'ai un sentiment de honte et de peur au fond de moi et en même temps je me sens trahi. Pourquoi m'a-t-il laissé faire ça ? Je ne savais pas que c'était lui, alors que lui savait très bien qui j'étais. Jamais je ne vais pouvoir assumer cet instant. Comment je vais faire au travail maintenant ? Je vais te confier un secret cher journal, j'ai toujours eu un faible pour Axel. Tous les jours je l'observe discrètement. J'aime ce qu'il dégage, c'est un garçon réservé qui semble être d'une grande tendresse. Il est mignon et j'admire ce qu'il est. C'est depuis que je l'ai recruté, il y a trois ans de ça, que je me suis interrogé sur ce que j'aimais vraiment... Les femmes ou les hommes ? À l'époque, il avait troublé mon esprit... Et si en secret, j'étais amoureux de lui... Me l'avouerai-je un jour ? Après tout, il ne me laisse pas indifférent. Je ne me vois pas vivre avec un gars. Je ne pourrais jamais supporter les jugements, les regards. Toute ma vie je me suis battu pour être quelqu'un de respecté. J'ai l'impression que depuis ce soir, le monde s'est écroulé sur moi... La nuit va être longue et difficile.)

En découvrant ces lignes, Axel est ému. Jamais il n'a imaginé une seule seconde que Marc avait une attirance pour lui depuis longtemps. Tout ça le rend encore plus triste qu'il ne l'est déjà. Il lit la dernière page, celle du jour de son suicide.

(Vendredi 13 septembre, 19H30...
Cher journal, j'ai fait n'importe quoi aujourd'hui. J'ai passé ma journée à boire, j'ai même retrouvé un vieux sachet de cocaïne dans un tiroir... souvenir de mes années à la fac où avec quelques camarades on aimait être un peu perché. Je n'ai pas eu le courage d'aller au travail et d'affronter Axel. Au moment où je t'écris je ne souhaite qu'une seule chose, c'est de m'enfermer dans une boîte noire et ne plus en sortir.

J'ai tellement honte de moi, de ce que je suis en train de devenir. Je ne sais pas si c'est l'alcool qui me fait dire cela, mais j'aurais aimé avoir une horloge pour remonter le temps et effacer toutes les rencontres et parties de jambes en l'air que j'ai eu avec des hommes. Je me sens perdu, déstabilisé et je peux n'en parler qu'à toi... Personne dans mon entourage ne pourrait me comprendre. J'ai le sentiment que je vais passer ma vie à refouler ce que j'aime, mais est-ce que mon avenir aura un sens ? Je ne vais pas passer mon temps à mener un double jeu. Ce sera au-dessus de mes forces. C'est vraiment le bordel dans ma tête et puis je n'arrive pas à enlever Axel de mes pensées. Comment vais-je faire quand je vais le voir ? J'ai beaucoup d'estime pour lui. J'ai une telle confiance en son travail que je l'ai même cité... Attends, deux secondes... Quelqu'un frappe à la porte... Je n'ai pas envie de répondre...
Je te disais donc que... ça vient encore de frapper... Je vais devoir te ranger, et aller voir qui est là.)

En découvrant le dernier jour de la vie de Marc, Axel comprend que son geste n'était pas qu'une simple folie passagère. Il vivait un mal-être depuis un bon moment, qu'il dissimulait très bien.

Une sensation de chagrin immense se répand dans tout son corps, il n'arrive pas à retenir ses larmes. Il aurait tellement aimé venir en aide à Marc. Lui donner les meilleurs conseils au monde pour affronter les tourments qu'il traversait.

Il se demande où leur histoire les aurait menés, mais il n'aura jamais la réponse.

Il referme le cahier et se dirige vers la jetée de la plage centrale d'Andernos. Il a comme une envie de se recueillir, de lui parler, de lui dire toutes les choses qui auraient pu le réconforter.

Au bout de la jetée, il regarde le vide... Le cahier dans ses mains qu'il serre fort contre son torse, il embrasse la couverture et le jette dans l'eau. Personne d'autre ne découvrira les secrets de Marc.

Axel rentre chez lui, pleurer la perte de l'homme qui aurait pu être l'élu de son cœur.

Chapitre 15
Le come back d'une reine

Deux semaines sont passées depuis le décès de Marc. Axel n'est pas sorti de chez lui depuis. Il a du mal à remonter la pente. Son esprit est perdu entre les sentiments inavoués de la courte liaison qu'il a eue avec son chef et son avenir en tant qu'homme drag-queen.

Il passe ses journées au lit à écouter de la musique classique et à regarder des séries qui ne le captivent même pas. Il ne mange pas grand chose et au niveau vestimentaire, il se limite à se vêtir d'un vieux jogging et un sweat miteux. Sa barbe a poussé, cassant son physique androgyne.

Il ne cesse de se demander comment son histoire avec Marc aurait pu évoluer. Y avait-il un avenir ? Étaient-ils faits l'un pour l'autre ? Il ne le saura jamais.

Ce matin, quelqu'un frappe à la porte, mais il ne souhaite pas ouvrir. La personne n'attend pas qu'on lui dise d'entrer. Florian apparaît avec pour seule mission, redonner du pep's à la vie de son ami.

- Mais regardez-moi ça ! 11h et encore sous la couette...
- Mais qu'est-ce que tu viens faire ? Répond Axel sans bouger de son lit.
- Je suis venu te sauver.
- Quoi ?
- Oui... Tu me manques au club, je ne peux pas compter sur les pseudos *Britney* et *Cher*, j'ai besoin de toi sur scène pour faire vivre mon bar.
- Non, je n'en ai pas envie en ce moment, reviens dans deux ou trois ans.
- Tu crois que je vais partir comme ça sans rien faire ?

Florian a un plan pour redonner le moral à son ami. Il se dirige vers la platine et met le Best of de *Madonna*. Le volume à fond, il se met à faire le pitre et chante.

- *Like a virgin...* Allez bouge toi.
- Non... Laisse-moi, dit-il en se cachant sous la couette.
- *Touched for the very first time...*

Il continue de chanter tout en faisant du trampoline sur son lit. Axel n'a pas le choix, il doit se lever.

- C'est bon et maintenant on fait quoi ?
- Il est temps pour toi de remonter en selle, regarde-toi tu ressembles à une vierge qui a peur du grand méchant loup.

Axel rigole légèrement. Florian a déjà réussi une première étape.

– Maintenant va te doucher et file au bureau !
– Non, je ne peux pas...
– Mais si, tu peux y arriver.
– Je vais penser sans cesse à Marc et pleurer si je retourne là-bas et tout le monde va se moquer de moi encore une fois de plus... Non non vraiment, je n'irai pas.
– Montre-leur que tu n'es pas si faible que ça, que leurs remarques sont loin de t'atteindre... Montre-leur qui c'est le boss maintenant et ils te respecteront.

Pendant ce temps-là, au cabinet de comptable, Mathieu, Aurélia, Marie et Natacha sont submergés de travail. Les dossiers à traiter de six personnes répartis entre eux, ne leur laissent pas une seule seconde de répit. Par moment, ils sont même obligés de bosser pendant leurs pauses repas.

Un peu plus tard, en début d'après-midi, la porte de l'entreprise s'ouvre...

Alors que tout le monde est concentré dans son boulot, des bruits de pas et de talons résonnent dans le couloir. Ils se lèvent tous et sortent de leurs bureaux, se demandant qui vient de pénétrer dans les lieux...

Ils découvrent une belle femme avec de longs cheveux blonds légèrement ondulés. Elle est grande, mince, vêtue d'une jupe tailleur couleur noire et d'un chemisier blanc.

Axelle est là devant eux. Ils ne reconnaissent pas l'homme caché dans cette tenue. Toute l'équipe a les yeux rivés sur cette personne. Ils se demandent tous, qui est-elle ? Que vient-elle faire par ici ?

Aurélia se lance :

– Pardon Madame, vous cherchez quelqu'un ?
– Vous ne me reconnaissez pas ? C'est moi Axel...

Ils sont là, la bouche grande ouverte, ils n'en croient pas leurs yeux.

- Mais c'est quoi cet accoutrement ? Je rêve ! Dit Mathieu.
- Il va falloir que vous vous habituiez à ça. Je suis une drag-queen et que ça vous plaise ou non, je viendrai maintenant dans cette tenue. Je n'ai que faire de vos jugements et de vos moqueries dignes d'un groupe d'adolescents en pleine crise de puberté. En femme, vous ne m'atteindrez pas. Si ça pose problème à quelqu'un, vous savez où est la porte. Je n'ai pas l'intention d'être différente ! Je vais maintenant aller à mon nouveau bureau, celui qui me revient !
- Comment-ça ? Demande Natacha.
- Vous n'êtes pas au courant ? Vous devriez mieux consulter vos mails plus souvent ! Marc m'a légué son cabinet dans son testament... Je suis votre patronne maintenant... Une dernière chose, Aurélia et Mathieu, je compte sur vous pour réparer ce que vous avez cassé dans les toilettes !

Personne n'ose répondre, tellement ils sont impressionnés par le charisme d'Axelle. Elle avance doucement pour rejoindre son nouvel espace de travail.

Marie applaudit... Fière de cette entrée digne d'une reine et étonnamment le reste de l'équipe la suit.

Axelle s'assoit dans son nouveau bureau, celui de son ancien patron . Elle est heureuse d'avoir eu le courage de dévoiler qui elle était vraiment au fond d'elle. Cette fierté est très vite entremêlée d'émotions. L'odeur de Marc est omniprésente. Elle a le sentiment d'être accompagnée. Elle observe autour d'elle, la décoration n'a pas changé. Elle se demande si elle osera y toucher. Elle ouvre son attaché-case. Parmi tous ses papiers, elle relie le document de la succession et se jure de ne jamais l'oublier.

Maintenant, elle est bien décidée à assurer la relève et de se faire respecter de tout le monde.

Elle a le sentiment qu'un nouveau chapitre commence dans sa vie, même s'il reste une étape importante...

Chapitre 16
6 mois plus tard

- Comment allez-vous aujourd'hui ?
- Je vais bien merci. Je suis un peu stressée, nerveuse et pressée à la fois.
- C'est normal, vous allez passer par plusieurs phases émotionnelles, ça va être un grand changement dans votre vie et il faudra que vous soyez bien entourée. Vous avez du monde qui vous soutient dans cette grande étape ?
- J'ai quelques personnes qui sont présentes et sur qui je peux compter. Ils me soutiennent, comprennent mon choix et ma décision.
- Nous avons un service d'aide psychologique, si jamais.
- Cela ne sera pas utile, j'ai attendu ce moment toute ma vie... J'ai vraiment hâte, même si j'ai un peu peur.
- Très bien, je vous donne le planning, ça se déroulera

en quatre opérations avec un intervalle de trois mois entre chaque intervention. Vous avez toutes les instructions à suivre et bien entendu l'hôpital est à votre disposition si jamais vous avez besoin de quoi que ce soit.
– Merci infiniment docteur.
– Je vous en prie.

Axelle va enfin voir son rêve se réaliser. Elle va bientôt devenir une vraie femme. Toutes les démarches sont effectuées, il ne lui reste plus qu'à attendre la première opération pour entamer le chemin d'une nouvelle vie, qui s'ouvrira à elle.

Le printemps est là, le mimosa est en fleur et embaume toutes les villes du bassin d'Arcachon.

Depuis sa prise au pouvoir du cabinet, elle est respectée de tous ses collègues, même Mathieu lui témoigne désormais beaucoup de sympathie.

Elle ne s'est plus jamais rhabillée en homme. Dans les rues en plein jour, elle est Axelle. Elle rit quand des gars sur des chantiers la sifflent. Beaucoup de personnes la regardent de haut en bas. Certains s'interrogent aussi, mais cela lui est vraiment égal. Elle veut juste être elle-même.

Ce soir, c'est son dernier show au Plumo avant le début de sa transition et elle prévoit de faire quelque chose de très différent par rapport à d'habitude.

Comme à chaque fois, elle se prépare dans sa loge, toujours impatiente de monter sur scène. Ses collègues sont présents, une façon à eux de la soutenir.

Le rideau est prêt à se lever, Florian demande à la foule de lui faire un accueil du extraordinaire...

La scène, un seul spot lumineux blanc, sur fond noir, Axelle est assise sur une chaise face à une petite table de bistrot. Elle porte une magnifique robe courte de couleur noire, qui met en valeur sa silhouette. Le micro à la main, ce soir pour son dernier soir avant le grand changement de sa vie, elle va chanter en live.

Les premières notes de musique commencent à se faire entendre dans toute la salle... Sa voix résonne sans pudeur, dans une interprétation remplie d'émotions, sur le titre de Charles Aznavour "Comme ils disent"

(J'habite seul avec maman
dans un très vieil appartement
rue Sarasate

Le travail ne me fait pas peur
Je suis un peu décorateur
Un peu styliste
Mais mon vrai métier
C'est la nuit
Que je l'exerce travesti
Je suis artiste

J'ai un numéro très spécial
Qui finit en nu intégral
Après strip-tease
Et dans la salle je vois que
Les mâles n'en croient pas leurs yeux
Je suis un homme, oh
Comme ils disent

A l'heure où naît un jour nouveau
Je rentre retrouver mon lot
de solitude
J'ôte mes cils et mes cheveux
Comme un pauvre clown malheureux
De lassitude

Je me couche mais ne dors pas
Je pense à mes amours sans joie

*Si dérisoires
A ce garçon beau comme un dieu
Qui sans rien faire a mis le feu
A ma mémoire*

*Ma bouche n'osera jamais
Lui avouer mon doux secret
Mon tendre drame
Car l'objet de tous mes tourments
Passe le plus clair de son temps
Au lits des femmes*

*Nul n'a le droit en vérité
De me blâmer, de me juger
Et je précise
Que c'est bien la nature qui
Est seule responsable si
Je suis un homme, oh
Comme ils disent)*

La chanson se termine, le rideau se referme. Le public est ému, applaudit, crie son prénom...

C'est la première fois qu'une telle émotion se fait ressentir dans le bar.

Axelle ne bouge pas de son tabouret. Elle est dans le noir, elle entend la foule l'acclamer...

Elle se sent épanouie... heureuse... respectée.

Elle ne remontera sur scène qu'un an plus tard.

L'opération qui l'attend va lui demander beaucoup de repos. Elle ne pourra pas faire de show pendant un long moment.

Elle pourra en attendant, se projeter dans l'avenir en tant que femme... et on ne peut que lui souhaiter le meilleur... la voir fonder une famille... dans les bras d'un bel homme qui lui accordera toute l'attention qu'elle mérite. Qui l'acceptera pour ce qu'elle est vraiment.

Car après tout, elle est née comme ça.

Épilogue

La soif de vengeance...

Chaque personne a sa propre façon de gérer ses problèmes. Beaucoup se réfugient chez un psychologue, afin de décharger les malaises qui les entourent. D'autres se jettent sur la nourriture et certains trouvent du réconfort dans une salle de sport...

Chacun répare le mal en eux comme ils peuvent.

Il peut arriver, à un moment donné, que leur mal-être soit si intense, que des événements importants soient si brutaux, qu'il leur faut impérativement trouver un responsable, un coupable...

Quand Axelle a fait sa dernière représentation au Plumo, que tout le monde l'a applaudie et acclamée sa performance...

Pendant ce temps-là, au fond de la salle, deux individus ne s'expriment pas.

Personne ne les avait remarqués.

Ils sont restés distants, avec un regard méchant et sévère sur Axelle... Leurs yeux étaient chargés de haines.

- C'est donc lui ? Chuchote la personne numéro un.
- Oui, c'est bien lui !

Qui sont-ils ?
Quelque chose semble se préparer, mais quoi ?
Quel est le lien qu'ils ont avec la belle drag-queen ?

à suivre...

L'humain pousse son premier cri
quand il découvre la vie
Il évolue
en prenant
connaissance du corps
dans lequel
il a atterri...
Il grandit
maître de son destin
libre de prendre
n'importe quel chemin
Il vieillit
sans oublier
qu'il est avant tout
Un humain.

Born This Way
L'incroyable destin d'Axel(le)

Jérémy Sensat

remerciements

Faire parler son imagination n'est pas tout le temps évident. Jusqu'à aujourd'hui, j'avais tout le temps écrit sur mon vécu et les épreuves que j'avais traversées. Mais là, j'ai voulu sortir de ma zone de confort.
J'ai cherché à travers cette histoire, à faire passer des messages et des informations, qui me semblent tellement importants à savoir.
Je ne voulais pas faire qu'une simple histoire divertissante, je voulais qu'il y ait de la profondeur.
Je suis très fier du travail réalisé dans ce livre et je n'y serais pas arrivé avec l'aide de plusieurs personnes.
Pierre, comme à chaque fois, tu es très impliqué dans les corrections. Tu es toujours à mes côtés pour me permettre de ressortir le meilleur de moi même. Me supporter demande beaucoup d'efforts... Et je sais que ce n'est pas tout le temps facile de me suivre dans mes folies :-)
Elvis, ton regard et ton œil critique m'ont permis d'améliorer de grandes lignes. Le résumé de la 4ème couverture, que tu as rédigé, je n'aurais pas fait mieux. Ça a été un honneur et un plaisir de t'avoir embarqué avec moi dans cette aventure.
Son instagram : les_mots_et_merveilles_d_elvis
Je n'oublie pas toutes les autres personnes qui m'ont donné leurs avis et ressentis.

...

Du même auteur

RIP « repose en paix » sorti en octobre 2024

Entre un journal intime et une biographie, l'histoire d'une mère de famille qui aura mené plusieurs combats, entre un mari instable, les problèmes financiers et la maladie... Son parcours rempli de courage est un exemple pour nous tous.
 Une vie où beaucoup de monde pourra se reconnaître.

Nous seuls, face au monde.
Sorti en mars 2025.

Une mère et son fils décident de faire un road trip, pour fuir leur passé et leur pire cauchemar... Une aventure émouvante, rythmée entre montagne et océan. L'occasion pour eux de se redécouvrir et de profiter de leur nouvelle vie.

Prochainement
Bientôt la suite des aventures d'Axelle à l'automne 2025

Vous pouvez suivre mon actualité sur mon Instagram : *@jeremysensat*
Ou sur mon Tik Tok : *@jeremysensat33*